句集 伊月集

梟

夏井いつき

朝日出版社

伊月集 梟

目次

句集　伊月集

梟

夏井いつき

梟

ふくろうに聞け快楽のことならば
サマルカンドの冬日のごとき壁である
空中分解して凩の尾っぽかな

白鳥の眠りも星として数う

銀貨ひとつ聖夜をわたる帆のひとつ

水門のひらきて月のクリスマス

移動図書館を迎える聖樹かな

銀の星盗むと聖樹ゆれだした

甘栗はいらんか北風は来るか

冬帝やことに手強きジャムの蓋

電飾や木枯ちりちりとほそる

インク壺には木枯を閉じ込めよ

夕星の疼けば枯野火も疼く

暖房の車窓に長し夜の河

丸太の香積み上げ雪のトラック来

ささめ雪港は昏き息吐けり

再会や積雪量告ぐ電光板

雪片にふれ雪片のこわれけり

雪女ことことここへ来よ小鳥

いつもなら殺してしまう雪うさぎ

警鐘のごとくに風花のはなやぐ

恋慕ありダチュラを連打せよ

子を生まぬこと冬菫愛さぬこと

失いし音を探している枯葉

髪よりももつれて冬の夕焼は

冬雲雀らが怖がって夜が来る

猟犬の眠っておらぬ船尾かな

冬藻はげしき軍艦島に上陸す

荒星や老いたる象のような島

水鳥や夢より怖きものに風

青空に切っ先ありぬ冬鴎

返り花空の波動のとどきたる

啄めばちりちりちり鳴らん冬の水

水銀のごとき空ある枯野かな

風花の高音域を保つべし

冬鷗の脚きんいろに折れそうな

朽野《くだらの》へショールは赤き帆のごとく

夜を白き風車十基の大枯野

風花や少数民族たる系譜

冬ひばり木馬の耳は聞こえない

冬草や会えばはげしきことをいう

まぶしさがかたまり裸木となった

仏頭のごとくに冬の蜂の巣は

冬のどんぐり投げても誰も出て来ぬよ

龍の玉こつんほんとのことを知る

風花を待つべく青空のととのう

風花も独楽もひかりとなりたがる

ちさく砂蹴って浜千鳥のゆくえ

あおさぎの巣は冬空にかけておく

勇気りんりん冬の芒をかかげ行く

郵便夫と雪解の空をわかちあう

ライターの炎ほたほた雪解風

コーヒーに春の焚火の灰まじる

みな春の雪を見上げて歩き出す

淡雪や離婚届のうすみどり

泪より少し冷たきヒヤシンス

春の川きらりきらりと失念す

春の鳥くればもてなす用意あり

咲きかねし梅にみくじのきゅっとかな

水搔きがつかむ日永の水なりき

春の鵙しずかに水の湧くところ

つながれぬ手は垂れ末黒野の太陽

さえずりや何の穴かと思いつつ

愛の日のばりばり潰す段ボール

台本を丸める春愁も丸める

土筆野は遠し校了したる日の

うぐいすに冷たき舌のありぬべし

うぐいすや夕星怖るるにたらず

薬箱の中に椿が入れてある

月ありてあのくらがりが椿山

星々を恋うて呪うて春神楽

水底に春の狐火凍りたる

鴨の脚まっかに垂るる涅槃かな

涅槃図に跳ねて加わる赤蛙

春の水ふきあげられてちりぢりに

芹匂うオモニは風の中に立つ

風つかみそこねし蝶の吹っ飛びぬ

わたくしの家みえている春の山

くちばしに鋭《と》きひかりある弥生かな

桃の日の解けばちから失せる紐

さえずりのすとんと止めば波の音

船体の白過ぎゆける鳥の恋

逢うまでのこれがたいへん蜷の恋

氵《さんずい》になりたがってたのは白魚

磯遊めきたる眼鏡ひかりけり

ぶらんこに乗って助役は考える

二つ目の太陽を追う揚雲雀

たんぽぽをさんざんぶってやりました

卒業の日のロッカーの凹みかな

春昼を置けば転がりそうな椅子

愛は速攻ぺんぺん草は風の中
なずななずななんにも聞こえないなずな
うららかにギプスは我を固定せり

問い詰めればぱふんと春の魔法瓶

愛国

霾やひしやげてながきクラクション

空砲のはげしき昼の椿かな

さえずりの卓に賭博のはじまりぬ

澱みたる川へ吊せる目白籠

舟上の竈に煮ゆる春の粥

箸箱に黒き椿が彫ってある

水さわぎはじめし桃の花芯かな

霞して人は耳よりおとろえぬ

みはるかす霞の底の都かな

虻交む太湖の濁ることしきり

しゃぼん玉吹く陳さんのフィアンセと

春愁の真赤な輿にゆられたき

叩頭や置かれて白き春日傘

皇帝の絵天井へと花ふぶき

ざばざばと陽炎のたつ市場かな

網に売る食用蛙まばたきぬ

さくらんぼ売る籠魚腐る籠

陽炎や洗濯棒をふりかざす

廃船の竜骨みどりなす大河

舟に暮らす人々に振る夏帽子

薔薇の絵のかくも錆びたる洗面器

舟唄や夜こそ白しアカシアは

船中のまことにぬるき扇風機

船中泊三日目赤潮の去らず

旱星熟せば海の黙り込む

船室の一隅に髪洗いおる

二百三高地に外すサングラス

軍港やかやつり草は花つけず

異国語の字幕のごとく虹消ゆる

ひとときをヤマトホテルの金魚かな

運河ありここに鋭き旱星

雹降って箱のようなる通信社

強国や虹はここより崩れけん

海光にかかげて赤き国旗かな

軍服の男が吐きし砂糖黍

居留地の広場に茉莉花を拾う

白シャツや移民の裔の鷲っ鼻

愛国や百合のごとくにひらく旗

寓話

一本の杖鳴り出さん初桜

鳩の目に金のまじれる桜かな

花びらが目白の嘴をはなれたり

石塔へさくらざわめきはじめたり

夕月に桜の乾きゆく匂い

八重桜わが身をたたむ箱欲しき

さくらさくら薬師如来の頬たぷたぷ

花房にぶつかるぶつかる熊ん蜂

翁きて手を打ち鳴らす桜かな

花みちて雨へかたむく吉野かな

花びらの濡れしが靴の先にかな

オートバイ止めて落花の人となる

お百度の石へ石へと花びらは

乳母車の中に花びらたまりたる

地下水のとくんとくんと草朧

抱きたるチェロのかたちの朧かな

をんをんと朧に月のそだちゆく

鶏の目のわずかにひらく草朧

水門や打たれて春の杭となる

雨月物語よ夜の茅花らよ

春の月とはしろがねを打ちのべて

花鳥賊にとどめは刺せぬ夜なるよ

桜貝未明の砂のつめたかり

甲板に聞く春暁の旗の音

古代なる色に鳥貝の舌は
はるじょおん波頭ははるかへと走る
兄神も弟神も春の山

眼下に春の雲と仁徳天皇陵

ぽっくり様に手向く菜の花きんせんか

養命酒みたいな春の日のとろん

ひょいと柵のりこえてくる春日傘

春の狛犬にさわりたがりしかな

パスカルと名付けし蜷の愁いかな

春の水凹みて鯉の口あらわる

金盞花瘤癪持ちのような花

伸びすぎてしまえば曲がる松の芯

眼前にくまばち眼前に壇ノ浦

本殿へまっしぐらなる熊ん蜂

茅花さわいでさわいでさわいで汽車が来る

蝶の舌ゆっくり伸びてゆく暮春

惜春の重さに靴の砂がある

幅跳びの暮春の砂の乾きゆく

機長より春夕焼のアナウンス

記録映画の白黒のチューリップ

惜春のサンドバッグにあずける背

春ばらの咲いて目次のような日々

蛍光灯ちかちか憲法記念の日

畳まれて夜を極彩の鯉幟

雨はいまひかりとなれる端午かな

睡蓮へさざなみの端のたどりつく

水深のごとくに冷ゆる窓若葉

はつなつの湖のむこうの石切場
青芝に寝て8ミリのような空
うつくしき李ならもぎとりてくれよ

脱輪や風にからすのえんどうよ

あめんぼのぶつかりおうて知らぬかお

ニッキ水こぼしどこかへ行きたい父

小判草からから風も聞き飽きた

海に月しらじら映ゆる芒種かな

ごんごんと芒種の水を飲み干せり

指にきて指におののく雨蛍

人の息かかれば朽ちる青蛍

火を絶やすなかれ桜桃忌の海に

咲くという意志にささゆり反り始む

決心を束ねて薫る百合である

なにもかも終わった梅雨の蝶とんだ

枇杷熟るる国の大河をたどりけり

空蝉と成るべく脚を定めけり

蟻ふみそうな蟻ふみそうな奥の院

先達の吹かれて白し青葉山

尻あげて怒れる赤き山の蟻

くらがりに石棺の黴匂いけり

斑猫の青にひるめる空ありぬ

夏蝶の交尾金星ふるえだす

蓮ぽんと咲いて同期という男

今生のオクラは星になれません

はぐろとんぼ羽ひらく羽とじるひらく

ねじ花のなおねじのぼるとはいかず

葛水や伏線ほのあまくありぬ

仏法僧廊下の濡れている理由

吉凶や蟇はこちらへ歩き出す

蟇鳴かすことにも飽きて詩を敲く

鳩のまばたきに緑雨のふりつづく

夏の雨描くための筆洗いけり

野茨の雫をためるための棘

習作としてまっしろな百合ひらく

こま鳥やことばはこころより遅れ

こま鳥やこの明るさを演じねば
二つ目の泉へ風の道ありぬ
出会いたる泉にゆがむ昼のかお

密会やさるとりいばら棘をはれ
ひかりあう泉は蝶を飼い殺す
手の甲の血は野茨のものである

金星やあじさいは青みなぎらせ

蛇蝶死せり夕月は熱持てり

心音やきらりきらりと熱帯魚

合歓の花たたんでたたんでふゆる星
野茨や寓話のような月である

口火

ふりむいて薔薇のようなる口火切る

その中の鉄の色せし熱帯魚

ロンドンの瓢の花のたよりせよ

行水の子の首にあるクルスかな

ちぎってやらねばこんなに赤い芥子になる

夏蝶のまだらマグダラマリアかな

箱庭に濡れたる月のあがりそう

波音のとどけば光る月見草

天女交合図の端の金魚かな

竜神を呼べよデイゴの花振れよ
居留守して風鈴鳴らしたりもして
海ほおずきぶきぶき恋にまだ遠し

白靴の人がそうだとささやきあう

伏線やパイナップルのすっぱかり

デッサンの果て炎天の鳩の胸

木の椅子に木の人の待つ避暑地かな

籐椅子に猫の重さをくわえけり

夏蝶に空気のたゆんたゆんかな

青空やまだずぶ濡れの百日紅

滴りの頭上というははるかなり

父の血のわれに息づく蝉の村

鷲づかみたる夏帽が膝の上

雀の巣ちりちり乾く日照かな

ゆらゆらと日傘ふえくる神事かな

日盛や泥の色なる牛の鞍

蜜蜂の腹透きとおる日雷

蟻走らねば月食に間に合わぬ

属性は火星その名はアマリリス
のうぜんに火薬を詰めておきました
踏切のもう鳴るもう鳴るのうぜん花

刺青の男の家の百日紅

炎天や人より影のふゆる島

夕蟬をにぎるだんだんつよくにぎる

この島の守宮は星を食い尽くす
鎖垂らして八月の遊具らは
抱えゆくヒロシマの日の楽譜かな

折鶴の街夕蝉のさわぐ街

十字架のひかりおしろい花こぼれ

ひぐらしのひびいていたる裸身かな

太陽の塔を探している鵜

カンナびらびら男をなじることに飽き

右の耳ばかりが熱きカンナかな

秋雲や敗訴を告げる声上がる

しおからき太陽海を指すとんぼ

秋の服かけし車窓の波がしら

秋潮のひかりが音となるところ

金秋の波青島へ青島へ

船上に赤子はねむる盆の波

みな潮の匂いに干して盆の家

踊り浴衣掛け並べたる二階かな

鳳仙花弾けごまじり茶堂かな

こおろぎの跳ねれば水に落ちにけり

海のこと知らずに太る新松子

五号室とは秋蟬にちかき部屋

清談や秋のめだかに雨の粒

子規の日をすぎて芒の日々ありぬ

桑籠も桃とり籠も濡れている

露草にあり雷光のごとき蘂

姉の名はよしこ草の実まみれなる

教卓の上なるペルシャ胡桃かな

秋のきりん草でぶったという訴え

コスモスににらみをきかす赤ん坊

おみなえし唐人膏はいかがです

木の瘤をひとまわりして秋の蟻

牛の喉なみうつ波打つ秋の草

牛の眼を這うておりたる秋の蝿

大木の洞より秋の蜂きらり

僧にして銀杏を焼く係なり

抹茶塩つまめば秋の声ほのほの

猫の目の秋風色とおもいけり

清貧や秋のとかげの指長し

桃食うてたましいのこと語りだす

白桃に眠りの紐のゆるびたる

改名や秋の金魚の尾のひらひら

水音へ傾く傾く曼珠沙華

双蝶の秋をもつれていたる水

洞窟の中に野菊を置きにゆく

秋夕焼の芯はまっくろかもしれぬ

喉もとに突っ込んでくる銀やんま

野分波ぐんぐん白き野心あり

秋風に朽ちて船尾の日章旗

稲妻を深きに蔵す空ならん

空港のフェンスに風のカンナかな

山羊の角ほどの秋思をひからせる

心通じず秋風にでもなるか

あなたがたもセイタカアワダチソウでしたか

梨を切る斜角に人を愛しけり

みな元の器にかえる秋桜

露草に生きてはいける痛みかな

秋の蛇およぐひかりとなるために

百年

西ノ島ではぐんぐんと月太る

灯台の白を怖るる月の馬

痛みにも似て月明の水を飲む

月光に萎えたる旗でありにけり

玉砕や月の乾ける島ひとつ

月光に積み上げてゆく砂袋

がくがくと止まりて月の電車かな

猫じゃらし折れた満月ぬっと出た

月明に書名たしかめいる書斎

蟋蟀やことに走れる夜の雲
えれじいのように石榴の実が裂ける
ひりひりと鹿鳴く昼をさびしめる

水際へかなかなたゆたゆと寄せて

秋燕となりし高さを保ちけり

耳遠き僧と秋風聴いており

秋風に建つ太柱十二本

木像の胸に椿の実を埋めん

椿の実打てば火花のでるような

かりんの実冷えてゆきたる北湖かな

秋の魚らは己《し》が影をふりきれず

色づかぬ櫨におびゆる泉かな

黄落やなぜわたしではないのです

秋燕や胸に鋭き息ありぬ

その名マリアきらりきらりと雁渡し

神在の国なるさくらもみじかな
鈴をふるたびに紅葉の天青む
なつめ甘く煮るよふつふつ人死ぬよ

地下足袋の干し立て掛けし秋の壁

水圧や凶作の村横たわる

うすうすと死のいくつ過ぐ紅葉山

石曳図屏風に秋の声ありぬ

しずけさのかたちに秋の鯉黒し

鉈の背をもて打つ釘や櫨紅葉

護摩焚かば紅葉時雨を呼びぬべし

槙の木のひねくれひねくれ十夜婆

聞き耳のごとくに冬の鶏頭は

草の実の冬に入りたる頑固かな

黒猫の目に黄落の冬がある

はぜの実のひかりがそこに見える席

耳袋とって求人広告誌
交番に冬の金魚をからかいぬ
この街の鳩もわたしも寒い寒い

水鳥の吹かれて鉄の梯子かな

透きとおるまでゆりかもめ鳴くつもり

貝がらや冬の浜昼顔ちりちり

浜焚火番をかってもみたきかな
凩が息ふきかえす河口かな
その泪寒さのせいにしていたり

冬草を沈めし水のあたらしき

綿虫を吹き本日の大志かな

白鳥の首がどうにも変である

裸木に太陽ひっかかっているよ

宗教や舌を焼きたる牡蠣フライ

搾れば薫る討入の日のレモンかな

あらたまのこむらがえりでありにけり

弾初の一人の事務所なりしかな

皇帝ペンギン並べることも初仕事

初景色のひとつにフラミンゴの歩幅

餅花や旅の一座という荷物

傀儡師来ねば死んだと思いけり

絵屏風の鶴の目つきが気になりぬ

若菜野をゆく金箔を蒔くごとく

冬の燭ほたほた一遍上人像

冬の実の赤を眉間に埋めたし

狐火をつかめば鼻のごと温し

由来記のかたすみにある冬菫

楽日なりきょう都鳥よくひかる

ふかぶかと媼のわらう焚火かな

方三寸ばかりや寒の犬の糞

葱植えて葱に寒さを訴える

寒木や五言絶句のような雲

寒椿置きたる水の動きだす

冬桜三十畳を拭きあげて

大榾を桜と聞きしよりの雪

凍星や地にならべたるパイプ椅子

鋼鉄のロープに霜の棘そだつ
空電のごとくに寒のすみれかな
あれは雪の日のかわせみでなかったか

さっきまで音でありたる霰かな

木枯を百年聞いてきた梟

あとがき

四十代の四百句をまとめた第二句集である。

第二句集の制作を機に、生涯出版する句集は全て『伊月集』と呼ぶことにした。三十代までの作品をまとめた第一句集は『伊月集「龍」』として、第二句集は『伊月集「梟」』としてそれぞれ再版した。二〇〇六年に出版した『伊月集「梟」』には誤植もあったため、本巻をもって改めて第二句集と定めたい。

再版にあたって、原画は赤井稚佳さん、装丁は角谷慶さん、お二人にお願いすることができた。実に贅沢な喜びだ。さらに朝日出版社の皆さんにもお世話になった。心からお礼を申し上げたい。

以下は、五十代に入ったばかりの私が書いた再版前の「あとがき」（抜粋）である。現在六十代に入った私としては気恥ずかしい部分もあるが、それもまた赤裸々な人生の一コマに違いない。笑って読み飛ばして頂けたら有り難い。

（略）

さて、この十年間の変化といえば、作品の表記を現代仮名遣いに変えたことだろうか。歴史的仮名遣いの呪文めいた効果を捨てがたく、迷う時期が長く続いたが、宇多喜代子さんの句集『象』を拝読した時にその迷いが吹っ切れ、生き物であり生ものである言葉を、今を生きる自分のものとして遣っていこうと決めた。また句集中には口語表現の句、無季の句も入っているが、この点に関しても、肝要なのは自分の感動を表現するのに最も適した手法・文体・韻律などを探し求めることであって、文語や歴史的仮名遣いの遵守に腐心することではないと腹を括った。

さらにこの十年は、師・黒田杏子から学んできたことを自分なりにどう昇華していけばよいか、考え続けてきた年月だった。「黒田杏子になりたい」という憧れから出発した私の俳句人生だが、憧れに縋りついているだけでは不甲斐ない弟子で終わってしまう。そんな己のひそやかな決意を師の前に差し出す四百句。今回の句集はそんな緊張感に満ちた一冊でもある。
この十年という区切りには、もう一つささやかな変化があった。

つながれぬ手は垂れ末黒野の太陽　いつき

NHK「BS俳句王国」でオンエアされたこの一句をきっかけに、私はある人物と知り合い、四十代の終わりを目前にその人との再婚に踏み切った。さまざまな出会いの中で紡ぎ出される俳句もあれば、俳句から生まれる出会いもあるのだと知った。人や花や草や鳥や風や雲やさまざまなものたちとの出会いが、私の中でどんな言葉として結球していくか。これから始まる五十代もたっぷり楽しみたいと思う。

夏井いつき

夏井いつき

昭和32年生。松山市在住。8年間の中学国語教諭の後、俳人へ転身。俳句集団「いつき組」組長、藍生俳句会会員。俳都松山大使。第8回俳壇賞受賞。俳句甲子園創設に携わる。松山市「俳句ポスト365」等選者。『プレバト!!』（MBS／TBS系）等テレビ出演のほか、新聞、雑誌、ラジオで活躍中。著書に『超辛口先生の赤ペン俳句教室』、『句集　伊月集　龍』、『夏井いつきのおウチde俳句』（小社刊）、『夏井いつきの世界一わかりやすい俳句の授業』（PHP研究所）等多数。

俳句季刊誌『伊月庵通信』購読受付中。

https://natsui-company.shop

画　赤井稚佳
装丁・本文デザイン　角谷　慶

句集　伊月集　梟

二〇二〇年九月二八日　初版第一刷発行

著者　夏井いつき

発行者　原　雅久

発行所　株式会社朝日出版社
〒101-0065
東京都千代田区西神田3-3-5
電話　03-3263-3321（代表）
https://www.asahipress.com

印刷・製本　凸版印刷株式会社

ISBN 978-4-255-01202-5 C0095